Rocío Martínez

MATÍAS
retrata a
Penélope

EDICIONES EKARÉ

El retrato
en la
pintura

Sala Roald Dahl

HOY

Matías y sus amigos han ido a pasar la tarde a la biblioteca.

–¿Tú... tú podrías hacerme un retrato, Matías?

–le pregunta Penélope.

–¿Yooo?, nunca he hecho uno –contesta asustado Matías–.

No sé cómo hacerlo...

–No debe ser tan difícil –le anima Samuel–.

Fíjate, en este libro hay muchísimos retratos.

–Este artista también pintó
a muchas personas –descubre Antonia.

-Casi todos los pintores
han hecho algún retrato -afirma Tomasa-,
sobre todo de ellos mismos.

–Mira, Matías, lo primero

que tienes que hacer es ponerle a Penélope

un traje muy, muy elegante –dice Samuel.

–Bueno... es demasiado rimbombante para mí

–rechaza Penélope.

La elegantísima infanta Penélope

—Es importante el decorado que tengas alrededor,

como en el teatro -añade Antonia-.

¡Tiene que ser fastuoso!

—Pero... yo no vivo en una mansión -se queja Penélope.

Penélope en su
fastuosa mansión

–Y no te olvides, Matías,

de ponerle un gesto serio, de persona importante

–dice Tomasa–, como si no nos hablase.

–¡NOoooooO! –grita Penélope.

El grito de Penélope

—¡Silencio, por favor! —les pide la bibliotecaria.

Después de un rato,

Matías se acerca a Penélope.

–¿Te gusta éste? –le susurra.

—Esta sí soy yo —le agradece contenta Penélope—.

¡Es un retrato estupendo!

"Pero, alguna vez también
es divertido parecer otra persona",
piensa Matías.

Las pinturas
que vieron
Matías
y sus
amigos

La Mona Lisa

Este es el retrato más famoso
de todos los tiempos.
Leonardo da Vinci lo pintó
y retocó durante diez años.
¡Qué paciencia!
Todos dicen que la sonrisa
de la Mona Lisa
es muy misteriosa.

**Autorretrato
de Goya**

Para tener luz y
poder pintar
por las noches,
Goya ponía velas
encendidas en el ala
de su sombrero.
¿Le caería cera
caliente sobre
la nariz?

**El caballero
de la mano en el pecho**

Este caballero
está muy serio
y parece algo triste.
¿Será que no
encuentra el latido
de su corazón?

La joven de la perla

Vermeer retrató
a "La joven de la perla"
o "La joven del turbante"
justo en el momento
en que se gira para saber
quién le llama desde atrás.
Es muy linda. ¿Te gusta?

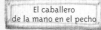

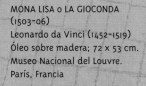

MONA LISA O LA GIOCONDA
(1503-06)
Leonardo da Vinci (1452-1519)
Óleo sobre madera; 72 x 53 cm.
Museo Nacional del Louvre.
París, Francia

AUTORRETRATO EN EL TALLER
(1790-95)
Francisco de Goya y Lucientes
(1746-1828)
Óleo sobre tela; 42 x 28 cm.
Museo de la Real Academia
de Bellas Artes de San Fernando.
Madrid, España

EL CABALLERO DE LA MANO EN EL PECHO
(1584)
Domenicos Theotocopoulos, "El Greco"
(1541-1614)
Óleo sobre tela; 81 x 66 cm.
Museo del Prado. Madrid, España

LA JOVEN DE LA PERLA
(1660-65)
Johannes Vermeer (1632-1675)
Óleo sobre tela; 47 x 40 cm.
Mauritshuis. La Haya, Holanda

Las Meninas

Autorretrato
de Van Gogh

La infanta Margarita está al centro de esta pintura y la rodean muchos personajes de la corte.
También un gran perro. ¡Parece que no quiere estar quieto! ¿Ves al pintor que está al lado izquierdo?
Es el mismo Velázquez que quiso quedar retratado con la infanta.

Van Gogh era muy inquieto
y apasionado. Pintó más
de 800 cuadros y muchos
autorretratos.
En este parece que se mueve
por esa forma ondulante
de dar las pinceladas.
Y mira como si estuviera enojado.
¿Será que no
le gusta lo que ve?

LAS MENINAS O LA FAMILIA DE FELIPE IV
(1656)
Diego de Velázquez (1599-1660)
Óleo sobre tela; 318 x 276 cm.
Museo del Prado. Madrid, España

AUTORRETRATO
(1889)
Vincent Van Gogh (1853-1890)
Óleo sobre tela; 65 x 54 cm.
Museo de Orsay. Paris, Francia

Retrato de la
Duquesa de Alba

¿Qué estará señalando la Duquesa de Alba
con el dedo apuntando hacia el suelo?
No se alcanza a ver, pero a sus pies
está escrito: "Sólo Goya. 1797".
Tal vez Goya quería decir
que sólo él podía retratarla.

La carta de amor

La criada acaba
de entregar una carta
a la señora. Ella ha dejado
de tocar la mandolina
y parece preguntar:
¿de quién es esta carta?

Maja Vestida

Nadie sabe quién es esta mujer
que pintó Goya
tendida sobre un diván.
Parece que llevara
una careta o máscara
tapándole el verdadero rostro.
¿Sería una duquesa?
¿Sería una gitana?
Fíjate en la blusa de encajes
y en los zapatos
¡tan puntiagudos!

DUQUESA DE ALBA VESTIDA DE NEGRO
(1797)
Francisco de Goya y Lucientes (1746-1828)
Óleo sobre tela; 210 x 148 cm.
Hispanic Society of America.
Nueva York, Estados Unidos de América

LA CARTA DE AMOR
(1667)
Johannes Vermeer (1632-1675)
Óleo sobre tela; 44 x 38.5 cm.
Rijksmuseum.
Amsterdam, Holanda

LA MAJA VESTIDA
(c. 1800)
Francisco de Goya y Lucientes (1746-1828)
Óleo sobre tela; 97 x 190 cm
Museo del Prado. Madrid, España

Autorretrato
de Dürer

Albrecht Dürer se
vistió muy elegante
para hacerse este
autorretrato
con un turbante
y el pelo rizado
cayéndole sobre
los hombros.
Dürer era un artista
muy talentoso
e inteligente.
¿También pensaría
que era guapo?

El quitasol verde

El grito

Cuando miro "El grito" de Munch,
me parece que paseo por el puente
y oigo a esa persona gritar.
¡Es estremecedor!

"El quitasol verde" es un "cartón"
o bosquejo que pintó Goya
para que luego hicieran un tapiz.
En esos tiempos las mujeres
se tapaban del sol para no quemarse
y tener la piel muy blanca.

EL GRITO
(1893)
Edvard Munch (1863-1944)
Lápiz de cera y témpera sobre papel; 91 × 73.5 cm.
©The Munch Museum /The Munch- Ellingsen Group
/ BONO 2005

AUTORRETRATO
(1498)
Albrecht Dürer, "Durero" (1471-1528)
Óleo sobre madera; 52 × 41 cm.
Museo del Prado. Madrid, España

EL QUITASOL VERDE
(1777)
Francisco de Goya y Lucientes (1746-1828)
Óleo sobre tela; 104 × 152 cm.
Museo del Prado. Madrid, España

Para Luisa Mora, Carmen Martínez y Rodrigo Pemjean,
que se encuentran con Matías en bibliotecas y museos.

EDICIONES
ekaré

Edición a cargo de Verónica Uribe
Diseño y dirección de arte: Irene Savino

Primera edición 2006

© 2006 Rocío Martínez, texto e ilustraciones
© 2006 Ediciones Ekaré

Edif. Banco del Libro, Av. Luis Roche, Altamira Sur,
Caracas 1062, Venezuela.

C/San Agustí 6, 08012 Barcelona, España

www.ekare.com

Para las ilustraciones de este libro, Rocío Martínez utilizó una técnica mixta:
acuarela, goache, lápices de colores y ceras acuarelables.

1/09 8
3/10 Ø
3/12 ① 9/10
6/14 ③ 4/13
3/18 ⑩ 3/17